LA CHUTE D'UNE AME.

CHUTE

D'UNE AME

PAR

JULES LE SIRE.

PARIS

DE L'IMPRIMERIE APPERT ET VAVASSEUR

PASSAGE DU CAIRE, 54

1854

LA CHUTE D'UNE AME.

L'ANGE.

N'approche pas, archange à Jéhovah rebelle,
N'approche pas, maudit, toi que frappa mon fer ;
Ton front porte le sceau d'une tache éternelle ;
Va, sombre réprouvé, retourne en ton enfer !

Satan, n'approche pas... Ici que viens-tu faire ?

SATAN.

Je viens chercher une âme.

L'ANGE.

       —Elle appartient à Dieu.

SATAN.

Avant que d'arriver à la céleste sphère,
On rencontre Satan et ses ailes de feu.

Satellite d'un Dieu que je hais et je brave,
En vain ta voix, ici, voudrait me commander,
Satan n'obéit pas comme toi, vil esclave,
S'il voulait obéir, Dieu voudrait pardonner.

Satan, le révolté contre un injuste maître ;
Satan, le révolté contre sa chaîne d'or ;
Satan, qui préféra l'inconnu, le peut-être !
Au céleste séjour, obéirait encor.

Quoi ! j'aurais rejeté des chaînes trop pesantes,
Combattu contre Dieu pendant quatre mille ans,
Semé le firmament des poussières brillantes
Que faisaient en tombant les astres rayonnants ;

J'aurais quarante jours, accablé par la foudre,
Pour être libre enfin, dans l'abîme emporté,
Fait de l'axe du monde un seul amas de poudre,
Et j'irais obéir, moi ! le grand Révolté !

Non, non. Lors de ma chute, écrasé par le nombre,
Jéhovah me criait : Repens-toi, repens-toi !...
J'ai préféré tomber dans un empire sombre,
D'où je le brave encor ; où Satan marche en Roi !

L'ANGE.

Par ma voix, l'Eternel ici-bas te commande ;
Cesse de blasphémer, esprit bas, envieux.

SATAN.

Le Maître sur son trône attendait ton offrande,
Qui monte avec l'encens jusqu'aux portes des cieux.

L'ANGE.

Maudit ! que fait à Dieu ton impuissante rage,
Il courbera ton front sous son verbe puissant ;
Il brisera ton cœur, ton audace sauvage.

SATAN.

Mon orgueil est toujours debout et palpitant.

Depuis le dernier jour de la grande bataille,
Qui se livra du Sud jusqu'au Septentrion,
Ma fierté fut toujours au niveau de ma taille,
Ma chute m'a donné de l'élévation.

Mille ans je fis trembler vos immenses phalanges,
Ma main bouleversa les constellations ;
Mille ans ma grande armée et mon peuple d'archanges
Fit pâlir Éloa ! les Dominations !

Lorsque je vois le ciel dégagé de ses voiles,
Le ciel où brille encor mon siége étincelant,
Où je trônai naguère environné d'étoiles,
Je sens battre mon cœur d'un orgueil triomphant.

Ce trône flamboyant parle sans cesse au monde ;
Ce trône renversé proclame mon combat.

L'ANGE.

Il parle à l'univers de ta chute profonde,
De ta punition et de ton attentat !

SATAN.

Eh bien ! doux chérubin, où donc est ta clémence ?
Chaste envoyé d'un Dieu que l'on dit juste et bon,
Tu parles en son nom de haine et de vengeance ;
Je te brave.

L'ANGE.

    —Oh ! ton cœur est un gouffre sans fond !
Mais je vais abaisser la palme d'espérance
Sur cet enfant qui dort.

SATAN.

    —Courbe ton vert rameau,
Tâche de protéger sa chétive innocence.

L'ANGE.

Réprouvé, ne viens point auprès de son berceau ;
Loin d'ici, loin d'ici !

SATAN.

—Je ris de ta défense.

L'ANGE.

Au nom du Créateur, retourne en ton enfer,
Par ce signe puissant...

SATAN.

—Tu combles ta démence.

L'ANGE.

Tu ris de désespoir et pâlis, Lucifer !

Satan, tu viens lutter, esprit du noir abîme ;
Tu veux ravir encor l'âme d'un innocent,
Conduire pas à pas dans le chemin du crime
Cet esprit qui s'ignore et flotte vacillant.

Oh ! j'empêcherai bien que tu puisses corrompre
Cet enfant humble et doux, car son regard si pur,
S'il se porte sur toi, je saurai l'interrompre,
Pour qu'il monte vers Dieu, qu'il traverse l'azur !

O Seigneur tout-puissant ! fais que ton saint triangle
A la voûte éthérée apparaisse en ce jour ;
Qu'il rayonne sur moi le grand signe acutangle ;
Entends mes vœux, ô toi ! qui connais mon amour !

SATAN.

Ah ! qu'il se montre enfin !

L'ANGE.

—Silence.

SATAN.

—Voici l'heure
Du combat éternel !

L'ANGE.

—C'est l'instant du réveil.

SATAN.

Enfant, regarde moi.

L'ANGE.

— Démon, ton aile effleure
Les lèvres de don Juan, plongé dans le sommeil.

Enfant, suis la vertu , vois rayonner ses charmes ;
Mais son sentier est rude et quelquefois désert ;
Qui le suit constamment s'expose à bien des larmes,
Et l'été se transforme en rigoureux hiver.

La palme du martyre est une belle palme ;
Le séjour des élus est un séjour brillant ;
Et l'orage passé, tu trouveras le calme,
Le calme auprès de Dieu, de l'Être tout-puissant

SATAN.

La vie est un tourment, une douleur amère
Pour qui veut ici-bas suivre, imiter Jésus !
Il faut planter sa croix au sommet du Calvaire
Avant de recueillir les beaux jours attendus.

Il faut marcher sans cesse en proie à la souffrance ;
Il faut lorsque l'on tombe aller sur les genoux
Et crier : Jéhovah, Dieu de paix, de clémence,
Veillez, veillez sur moi, vous qui veillez sur tous !

Le sentier du Seigneur est hérissé d'épines ;
Veux-tu suivre le mien? de fleurs il est semé ;
Tes lèvres cueilliront aux lèvres purpurines
Des baisers ravissants, et tu seras aimé.

Tu seras envié! Je te donne le monde,
Je te donne de l'or et tout le genre humain ;

Tu pourras, en fouillant dans ton âme profonde,
Régner sur l'univers en maître, en souverain.

Va, je te donnerai tout ce globe en partage ;
Tes désirs effrénés déploieront leur essor !
Ton nom chez les mortels passera d'âge en âge
Splendide, radieux et brillant comme l'or !

Choisis.

L'ANGE.

— Choisis.

SATAN.

— Enfant, tourne vers moi ta vue.

L'ANGE.

N'écoute pas, petit, le démon tentateur.

SATAN.

De l'or et des bijoux !

L'ANGE.

— Ah ! son âme est vaincue ! ! !

SATAN.

Chérubin, chante donc le chant de ta douleur.

Va, remonte en pleurant vers la voûte éternelle.

L'ANGE.

Don Juan, tu peux encor te sauver du démon ;
Lève les yeux au ciel, vois la gloire immortelle
Du divin Créateur, qui monte à l'horizon.

SATAN.

Son âme m'appartient ; le solennel mystère
En lui s'est accompli, car il porte mon sceau ;
Son front est foudroyé d'un éclat de tonnerre ;
Et j'ai mis à son doigt un invisible anneau.

L'ANGE.

Vaincu, vaincu par toi !

SATAN.

             — Seul contre tous je lutte,
Et je triomphe encor.

L'ANGE.

             — Dieu te l'abandonna.

SATAN.

Oui, quand j'eus assuré ma victoire et la chute
De cette âme qui fut l'âme de Marana.

L'ANGE.

Tu blasphèmes, Satan ! Ma lance flamboyante,
Qui te vainquit jadis, peut te frapper encor.

SATAN.

Va, ta lance en ce jour est une arme impuissante...

UNE VOIX D'EN HAUT.

Archange, je t'attends au sommet du Thabor !

SATAN.

Satellite d'un maître odieux, implacable,
Obéis en tremblant à sa sinistre voix ;
Va, remonte au Thabor près de la sainte table,
Et marche humble, soumis à de barbares lois.

LA VOIX D'EN HAUT.

Michel !

L'ANGE.

— Verbe puissant, punissez son audace !

LA VOIX D'EN HAUT.

Engloutis-toi, Satan, au séjour de la mort !

SATAN.

Jéhovah ! Jéhovah ! nous voici face à face !
Je te brave toujours et je suis le plus fort !